أتوجه بكل الشُّكر إلى عائلتي وأصدقائي على دعمهم الصادق، وخصوصًا الكُتَّاب في عائلتي: جوخة الحارثي، ومحمد الحارثي، وأزهار أحمد، ملهِمِيَّ الدائمِين. كما لا أنسى الأيادي البيضاء لأساتذتي بجامعة أكاديمية الفنون، وأخص الكاتبة والرَّسامة أنجيلا دومنجويز، التي راجعت الرسومات ولم تتوانَ عن إمدادي بالملاحظات، وأخيرًا لا تفي كلمات الشُّكر زوجي وطفليَّ عزان ومازن.

الطبعة العربية الثانية عام ٢٠١٧

دار جامعة حمد بن خليفة للنشر
صندوق بريد ٥٨٢٥
الدوحة، دولة قطر

books.hbkupress.com

صدرت الطبعة العربية الأولى عام ٢٠١٥

الترقيم الدولي: الغلاف العادي: ٩٧٨٩٩٢٧١١٩٨٩٧

تمت الطباعة في بريطانيا العظمى بمعرفة CPI Group (UK) Ltd., Croydon CR0 4YY.

أنا وماه

ابتهاج الحارثي

دار جامعة حمد بن خليفة للنشر
HAMAD BIN KHALIFA UNIVERSITY PRESS

إلى عزان.

اسْمي «عزان»،
وهذه عائلَتي الكَبيرة.

في عائلَتي الكَبيرة جِدًّا جِدًّا،
نَدعو جَدَّتي

«ماه».

كُنا كَثيراً ما نَزورُ جَدَّتي في عُطَلِ نِهايةِ الأُسبوعِ، وعُطَلِ الصَّيفِ والأعيادِ، في بَيتِها القَديمِ بِقَريتِنا الصَّغيرةِ؛ وحالما نَصِلُ، كُنتُ أنْطَلِقُ إليها لأنْدَسَّ في حِضْنها. كَانت كَثيراً ما تَأخُذُني إلى مَزرَعتِها الصَّغيرةِ «بهلا» لأقْضيَ وَقْتي مُلاحِقًا دَجاجاتِها الشَّقيات.

وكُنا نجلسُ معًا لأسْألَها عن كُلِّ ما تَتوقُ لهُ نَفْسي: حِكايةٍ، وتَمرةٍ، ولَوحِ سِمسمٍ، وكُوبِ ماءٍ.

وكانتْ دائمًا ما تَرُدُّ:

«عونك أبوي.»

كُلَّما ناديتُها «ماه»، كانتْ تَرُدُّ عليَّ بِحُبٍّ:
«عونك أبوي.»

وحينَ نَعودُ من قَريةِ جَدَّتي إلى بَيتِنا، كانَ بابا وماما يَسألاني دائمًا: «عزان، بماذا تَرُدُّ عليكَ ماه عِندما تَطلُبُ منها شيئًا؟»

فَأردُّ عليهما بِفَخْرٍ: «تَقولُ: عونك أبوي.»
ثُمَّ كانا يَضحَكانِ، وكُنتُ أضْحَكُ معهما أيضًا.

إلى أنْ جاءَ يَومٌ أظلمَتْ فيهِ الدُّنيا.
امتلأَ بَيتُ جَدَّتي بِنساءٍ غَريباتٍ يَبكِينَ ويَبكِين.

دَفَنتُ وَجهي في حِضنِ ماما،
بَكتْ ماما وبَكيتُ أنا أيضًا.

ومُنذُ ذلكَ اليومِ، تَوقَّفَ بابا وماما عن سؤالي عمَّا
كانتْ تَقولُه ماه لي عِندما أطلُبُ منها حِكايةً،
وتَمرةً، ولَوحَ سِمسمٍ، وكُوبَ ماء.

ثُمَّ حَلَّ فَصلُ الشِّتاء.
سَألتُ ماما بِحَذرٍ:
«هَلْ ماه نائِمَةٌ يا ماما؟»

رَدَّتْ عليَّ ماما: «لا يا عزان، لكنْ كانتْ لماه طُقوسٌ خاصَّةٌ عِندما تَستعدُّ لِلنَّومِ، هلْ تَذْكُرُها يا عزان؟ هلْ تَذْكُرُ كَيفَ كُنتَ تُساعدُ ماه؟»

«أولًا، كُنتَ تَضعُ حَشِيَّتَها المُفضَّلةَ - الخَضْراءَ بالورودِ البَنَفْسَجيَّةِ -
على الأرْضِ، بَعيدًا عنِ الباب.»

«ثم كُنتَ تُحْضِرُ المُلاءةَ لِتفرِشَها فَوقَ الحَشِيَّةِ، وكانتْ ماه تُذكِّرُكَ دائمًا أن تَدُسَّ جَميعَ أطرافِها تحتَ الحَشِيَّةِ، وأنَّ الوِسَادةَ يَجبُ أن تُوضَعَ في الوَسَطِ تمامًا.»

«وأخيراً كُنتَ تَجلِبُ شَالَها الأخْضرَ لتُغطِّيَ بهِ قَدمَيْها.

لم تكُنْ ماه تَستَطيعُ النَّومَ منْ دُونِ شَالِها لأنَّ قَدمَيْها كانتا تَبرُدَانِ في اللَّيل.»

سَألتُ ماما: «ولكنْ يا ماما في تِلكَ الليلةِ، عِندما أظلَمتِ الدُّنيا لم تكنْ قَدماها مُغطَّاتَيْنِ بِشالِها الأخْضرِ! ألَمْ تَبرُدَا؟»

تجمَّعتِ الدُّموعُ في عَينيَّ عِندما هَمستْ ماما: «لا يا عزان، لم تَشعُرْ بالبَردِ يا حَبيبي.» ثُمَّ لَفَّتْ شالَ ماه الأخْضرَ حولَنا بِقُوَّةٍ مثلما كانتْ تفعلُ ماه، فَتسلَّلَ دِفئُهَا وحُبُّها منَ النَّسيجِ الأخْضرِ.

مَرَّتِ الأَشهُرُ، وجاءَ فَصلُ الصَّيفِ،
فسَألتُ ماما مَرَّةً أخرى:
«هلْ ماه في السَّماءِ يا ماما؟»

رَدَّتْ عليَّ ماما: «لا أدري يا عزان، لكِنني أُفكِّرُ في ماه كُلَّما نَظرتُ إلى السَّماءِ مُتخيِّلَةً إيَّاها في مَكانٍ جَميلٍ، هل تَذكرُ كيفَ كانتْ ماه تَنظرُ إلى السَّماء؟ كانتْ تدعو أنْ تَظلَّ السَّماءُ صافيةً بلا غُيومٍ، فَمَنظرُ الغُيومِ في فَصلِ الصَّيفِ يُقلِقُها كَثيراً.»

«وماذا عنْ غُيومِ فَصلِ الشِّتاءِ يا ماما؟»

«كانتْ ماه تَنظرُ إلى السَّماءِ في فَصلِ الشِّتاءِ أيضًا، ولكِنْ لكيْ تَدْعُوَ أنْ تَهطِلَ أمْطارٌ غَزيرة.»

«ولكنْ لماذا؟»

«لأنَّ نَخْلَاتِها العَزيزاتِ إلى قَلبِها تَحتاجُ إلى المَطرِ لِتَنمُوَ في فَصلِ الشِّتاء.»

«وماذا عنْ فَصلِ الصَّيفِ يا ماما؟ ألا تَحتاجُ نَخْلاتُها إلى المَطرِ أيضًا؟»

ابتسَمَتْ ماما قائلةً: «لا يا حَبيبي، المَطرُ في فَصلِ الصَّيفِ يُفسِدُ مَحصولَ الرُّطَبِ الذي كانتْ ماه تُجفِّفُهُ تَحتَ شَمسِ الصَّيفِ القَويَّة.»

سَألْتُ ماما: «هلْ سَنأكُلُ الرُّطَبَ هذا الصَّيف؟»

رَبَتتْ ماما على رأسي بِرفْقٍ وقالتْ: «لنْ نأكُلَهُ هذا الصَّيفَ يا حَبيبي، لنْ نأكُلَهُ هذا الصَّيف.» ثُمَّ ناولَتْني كُوبَ ماءٍ ولَوحَ سِمسمٍ، وكانَ يُشْبهُ تمامًا اللَّوْحَ الذي كانتْ ماه تُعطِيني إيَّاه.

مرَّ فَصلُ الصَّيفِ، وقَدِم فَصلُ الخَريفِ، وسألْتُ ماما مَرَّةً أخيرَة:
«هلْ ماه تحتَ الأرْضِ يا ماما؟»

قالتْ ماما: «نعمْ يا عزان، لكني أذْكُرُها كُلَّما نَظرتُ إلى أرْضٍ مِعطاءٍ،
لأنَّ ماه عِندما تَغرِسُ يدَيْها في الأرْضِ، كانَ كُلُّ شيءٍ يُصبحُ أخْضرَ.»

أكْملَتْ ماما: «هلْ تذكُرُ
مَزرعتَها بهلا يا عزان؟ أحبَّتْ
ماه بهلا كَثيراً، كانتْ تَزرَعُها،
وتَقتلِعُ أعْشابَها بِيدَيْها،
وتُجفِّفُ بُذورَها لِمحْصولِ
عامٍ جَديد، وكانتْ فَخورةً جدًّا
بِنَخْلاتِها البَاسِقَات.»

سَألْتُ ماما: «هلْ بهلا خَضْراءُ الآنَ يا ماما؟»

تَلفَّتَتْ ماما إلى الشُّجَيراتِ في حَديقَتِنا وقالتْ:
«لمْ تَعُدْ خَضْراءَ يا حبيبي، لم تَعُدْ خَضْراء،
سَنَروِيها لِتنموَ مِن جَديد.»

ناوَلَتني ماما فَسِيلةً خَضْراءَ وأخَذْنا نَزرَعُها معًا.

قدِمَ فَصلُ الرَّبيعِ، وذَهبنا إلى قَريتِنا الصَّغيرةِ
لِنجتمِعَ في يومِ العِيدِ كما نَفعلُ كُلَّ عامٍ مع
عَائلتي الكبيرةِ جِدًّا جِدًّا.

عِندما دَخلنا أنا وماما إلى بَيتِ جَدَّتي بدا خاليًا، فشَعرتُ بالحُزنِ ولاحظَتْ ماما هذا بِسُرعَة. سَألَتني: «لِمَ الحُزنُ يا حَبيبي؟ هلْ تَشتاقُ إلى ماه؟»

رَفعتُ رأسي إلى ماما وقُلتُ: «نَعمْ أشتاقُ إليها كَثيراً، وسَأظلُّ أَفتقدُها دائمًا، ولكنني عِندما أُغمِضُ عينَيَّ أراها.» نظرَتْ إليَّ ماما باسْتِغراب! أكمَلْتُ بِإصْرار: «أستطيعُ أنْ أراها يا ماما.»

«أَستطيعُ أنْ أراها وهيَ تَخِيطُ دَشَادِيشَها على مَاكينةِ الفِرَاشةِ...
وهيَ تَستمعُ إلى القَصائدِ الشِّعريَّةِ التي يَبُثُّها جهازُ الراديو القَدِيمُ...
وهيَ تَطوِي مَلابِسَها المُبخَّرةَ وتَضعُها في المندوسِ...

وهيَ تُقطِّعُ الفَواكِهَ لِعَنْزاتِها المُدَلَّلاتِ...
وهيَ تُطعِمُ الحَبَّ لِدجَاجاتِها الشَّقِيَّات...
وهيَ تُجفِّفُ اللومي لِطَبخاتِ الشِّتاء...»

فهِمَتْ ماما قَصدِي.

ابْتسمَتْ وقالتْ:
«أستطيعُ أنْ أتخيَّلَها هُنا أيضًا!»

«في كُلِّ زاويةٍ منْ زَوايا البيتِ.
في كُلِّ زاويةٍ منْ زوايا القَلْب.»

«نَستَطيعُ أنْ نَراها،
لأنها دائمًا في القَلْب.»